丘《おか》の上のおおかみ

～Eternal cherry blossom～

浜辺そよか
HAMABE Soyoka

文芸社

あるところに、大きな海を見下ろす丘《おか》がありました。

ふもとには小さな村があり、てっぺんには、がっしりした幹の太い立派な一本の桜の大木があります。

長い間同じ場所に立っている桜の大木ですが、海からの冷たい潮風のあたりが強いせいか、決して花を咲《さ》かせることはありませんでした。

その丘《おか》には一匹《ぴき》の年を取ったおおかみが棲《す》んでいました。広くたくましかった背中はやせて丸くなり、つやのある豊かな体毛は色あせ、鋭《するど》く勢いのあった目も今ではすっかり光を失っています。

夜になるとおおかみは、きまって丘《おか》のてっぺんにのぼり、海の上に浮《う》かぶように輝《かがや》く月に向かって不気味に遠ぼえをしました。

いつからか村の人々は「おおかみの丘《おか》」と呼び、誰《だれ》一人、その丘《おか》に近づかなくなっていました。

ある年の桜の季節、村ではたくさんの人々が家族連れでお花見を楽しんでいました。木もれ日の下、にぎやかな声があちこちから聞こえます。

そこに、あのおおかみが現れました。気づいた村人の一人が、

「わぁーおおかみだ！　逃《に》げろー‼」

と叫《さけ》ぶと、花見をしていた人々はあわてて広げていたものをしまい、母親は子どもの手を引き、蜘蛛《くも》の子を散らすように逃《に》げ去ってしまいました。

「俺《おれ》はただ、桜の花を見に来ただけなのに……」

誰《だれ》もいなくなり一匹《ぴき》になったおおかみは、悲しそうに桜を見上げると、トボトボと丘《おか》へと戻っていきました。

村のはずれにひっそりと、古い教会がありました。
その前を通りかかると、

「人を幸せにするには、まず自分自身が幸せにならなくてはいけないよ。
もし今幸せでなくても、素直にまじめに真剣に生きることです。
きっと、誰《だれ》か幸せな人間が幸せを分けてくれる日が来るでしょう。」

そんな説教がおおかみの耳に聞こえてきました。
（ふん！　こんな俺《おれ》の所に誰《だれ》が来てくれるっていうんだ！
俺《おれ》を見ただけでみんな逃《に》げちまうのに……。
どうしたら幸せってやつが俺《おれ》にも分かる日が来るんだ⁉

ああ、神様!! どうしたら……)

おおかみは心の中で何度も叫《さけ》ぶのでした。

すると心の奥《おく》から微《かす》かに小さな声が聞こえました。

(信じなさい。幸せになると信じなさい)

春が深まったある日のことです。教会近くの睡蓮《すいれん》の咲《さ》く池の周りで、一人の少女が幼い弟を連れて遊んでいました。

池のほとりの小さな野花が昨夜《さくや》の雨できらりと光り、思わず手を伸《の》ばした少女は、足を滑《すべ》らせ池の中にどぼんと落ちてしまったのです。

それを見てびっくりした弟は、泣きながら走って家に帰ってしまいました。

少女は水の中でもがきながら、自分はこのまま死んでしまうんだ……とあきらめかけます。

が、その時です。何か強い力が少女の腕《うで》を引っ張り、池の外に引き上げてくれたのです。

少女を救ったのは、あのおおかみでした。力の限り少女を引き上げたのでしょう。びしょぬれで苦しそうにハァハァと肩《かた》で息をしていました。本当は少女を怖《こわ》がらせないよう、姿を見られないうちに急いで立ち去るつもりでしたが、もはやそんな力は残っていません。

仕方なく、おおかみはできるだけやさしい声で少女に言いました。

「だ、だいじょうぶかい？　間に合って良かった……」

おおかみに話しかけられたことに驚《おどろ》いた少女は、何も言わずにその場から逃《に》げ去りました。

途中《とちゅう》ふり返ると、さびしそうなおおかみのやせ細った背中が見えました。少女は少しためらいましたが、そのまま走って家に帰ってしまいました。

次の日、太陽が空高くのぼっている昼間に、おおかみは丘《おか》のてっぺんから青い海をながめていました。

遠くには白帆《しらほ》がいくつも見えます。

やさしい風が、おおかみの耳元を撫《な》でて通り過ぎていきます。

背後で何かの気配に気が付いたおおかみがふり向くと、淡《あわ》いピンク色の服を着た少女が丘《おか》を上がってきていました。

昨日《きのう》、おおかみが助けたあの少女です。

おおかみを前にした少女は、少し怖《こわ》い感じはしましたが勇気を出して言いました。

「き、昨日《きのう》はお礼も言わずにごめんなさい。助けてくれてありがとうございました」

おおかみはとても驚《おどろ》きました。これまでも、森の中で迷子になった子どもを、怖《こわ》がられないように森の外に導いたり、池に落ちた子どもを助けたりしました。ですが、お礼なんて言われたことは一度もありませんでしたし、まして、訪ねてきてくれる人間なんて一人もいませんでした。

おおかみは少女に聞きました。

「お、おじょうちゃん、たった一人で来たのかい？」

少女はおおかみの低くやさしい声に安心して答えました。

「はい。ママに言ったら絶対に行かせてもらえないので、ないしょで、一人で来ました」

少女は周りを見回しながら聞きました。

「おおかみさんの、ご家族は？」

おおかみは答えました。

「俺《おれ》の母さんはね、俺《おれ》が小さい頃《ころ》に死んじまったんだ。それ以来ずっと独《ひと》りさ」

少女はいけないことを聞いてしまった気がして、あわてて話を変えました。

「お、おおかみさんは桜の花が好きなのね。わたし、知ってるんです。

だってお花見の季節になると、必ず村に下りてくるでしょう？　桜って、どうしてあんなにきれいなのかしら」

するとおおかみは怖《こわ》い目をして言いました。

「桜の花がきれいだなんて思ったこと一度もないよ！」

予想もしなかったおおかみの鋭《するど》い声に少女はドキッとしました。

少し間をおいて、今度はおおかみが少女にたずねました。

「おじょうちゃんは幸せかい？」

少女はどうしておおかみがそんなことを聞くのか疑問に思いましたが、正直に答えました。

「はい、幸せです」

すると、おおかみはまた、少し強い口調で言いました。

「俺《おれ》はこんなに年を取ってても幸せってやつを何ひとつ知らない。幸せって何だ？　おじょうちゃんがそれを持ってるんだったら、少しくらい俺《おれ》に分けてくれてもいいんじゃないかい？」

少女はどう答えていいのか分かりませんでした。

その夜、少女はおおかみのことを考えていました。

時々怖《こわ》いと感じることはありましたが、少女にはおおかみの、本当はやさしいところやさびしさが、なんとなく分かりました。

『どうしておおかみさんには桜がきれいに見えないんだろう？』

『幸せを分けるってどういうことなんだろう？』

少女は眠《ねむ》りに落ちるまでずっと真剣《しんけん》に考え続けました。

しばらくしたある日、少女は再び丘《おか》の上のおおかみの所にやってきました。少女にきつく言ったことを後悔《こうかい》していたおおかみは、少し遠慮《えんりょ》がちに少女を見て、

「今日《きょう》は何だい？」

とたずねました。

「おおかみさん、こんにちは。今日《きょう》はチョコレートケーキを持ってきました。初めて作ったのよ。いっしょに食べましょうよ」

少女はおおかみの幸せそうな顔を想像しながら、心を込《こ》めてチョコレートケーキを作ったのです。

おおかみにはとても意外でした。ひどいことを言ってしまった自分に、少女が手作りケーキを持ってきてくれるなんて、考えられないことでし

た。

おおかみは、少女といっしょに桜の大木の下でケーキの箱を開けました。

ぷーんと、とてもあまくていいにおいがします。

一口食べてみると、まだほんのりあたたかくて、おいしさがじーんと心にしみていきました。

おおかみは胸がいっぱいになり、涙《なみだ》がこぼれて落ちそうになりました。

「と、とってもおいしいよ。誰《だれ》かに作ってもらったものを、こうやっていっしょに食べるってのは、こんなにもおいしいもんなんだねえ」

少女には、おおかみが心から喜んでくれたのが伝わりました。それは少女にとっても、今まで感じたことのない喜びでした。

それからというもの、少女はおおかみの丘《おか》を訪ねることが楽しみになりました。

いっしょに歌をうたったり、いっしょにお昼寝《ひるね》をしたり、小鳥のさえずる桜の大木の下で、おおかみにとってもとても楽しく幸せな思い出が一つずつ増えていきました。

ある日突然《とつぜん》、遠くを見るような目をして、おおかみはゆっくりと少女に自分のことを話し始めました。

「俺《おれ》の母さんはね、ここで人間に銃《じゅう》で殺《ころ》されたんだ。桜の季節だったよ」

「でもね、息を引き取る前に母さんと約束したんだ。どんなことがあっても人間を絶対に恨まないってね。母さんは、ずっと俺《おれ》のそばにいて見守ってるから大丈夫《だいじょうぶ》って言って、目を閉じたんだ」

おおかみはずっと、母さんとの約束を守るために歯を食いしばって生きてきたのです。

しかし、それは簡単なことではありませんでした。人間たちに石をぶつけられ、悔《くや》しくて、悔《くや》しくて、今日《きょう》こそは人間をおそってやろうと思ったことは、何度も何度もありました。一度だけですが、こらえきれずに、自分を撃《う》ち殺《ころ》そうとした村人を追いかけまわし、山から転げ落としてしまったことがあります。けれども、すっきりするどころか、なんとも言えない後味の悪さと後悔《こうかい》だけが残りました。

おおかみは、悲しいことや悔《くや》しいことがあるたびに、海の見える丘《おか》のてっぺんで桜の大木を見上げ、母さんの言い残した言葉の意味を、生きている意味を、問い続けました。そんな時、夜に海の上に浮《う》かぶように輝《かがや》く月に向かって遠ぼえをすると、少しずつ心が落ち着いていくのがわかりました。

そしてある日、おおかみはあの教会のほうから不思議な声を聞いて、はっとしたのです。

(太陽のように、月のように与《あた》えなさい。
野の花のように踏《ふ》みつぶされても、見返りを求めず与《あた》え続けなさい)

それからのおおかみは人間をおそうことはなくなり、ひっそりと人助けをするようになりました。誰《だれ》に見られるわけでもなく、お礼を言われることもありませんでしたが、そのあとにほんのちょっぴり感じられる気持ちの良さがおおかみは好きでした。

おおかみにとって桜の花は、母さんが死んでからずっと悲しみの象徴《しょう》《ちょう》でしたが、ここ何年かはなぜか、大勢の村人が見に集まるその花の美《うつく》しさというものをどうしても知りたくて、毎年桜が咲《さ》く頃《ころ》に村に行ってみるようになっていました。

しかし、村は家族連れの人間たちでいっぱいで、余計に自分の孤独《こどく》を思い知らされるばかりでした。しかも自分の姿を見たとたん、皆《みな》いなくなってしまうのです。

「この丘《おか》の桜の木はね、いつも独《ひと》りぼっちでさぁ、苦労しても花が咲《さ》かない運命。俺《おれ》と似たもの同士なのさ」

そう言っておおかみは大木を見上げると、なんと、小さいけれど、つぼみがいくつもあることに気付いたのです。

おおかみは言いました。

「驚《おどろ》いたなあ！　今までつぼみさえつけなかったのに！」

「このぶんだと、春にはいっしょにここでお花見ができますね」

少女はうれしそうに言いました。

「ここから眺《なが》める海はとてもきれいですね」

そう続けて少女が言うと、おおかみも、

「海はいいよねえ」

と、ぽつりとつぶやきました。

その日、少女が家に帰ると、母親が怖《こわ》い顔をして待っていました。

「もう絶対にあの丘《おか》に行ってはいけません！」

母親は少女を大きな声で叱《しか》りました。

そばで弟が気まずそうにしています。丘《おか》に出かけていく姉のことを心配して、弟が母親に知らせたのです。

少女は、人助けをしている親切なおおかみであることや、自分も命を助けてもらったことを一生懸命《いっしょうけんめい》話しましたが、母親に信じてもらえるわけもありません。

やがて、外には冷たい雪が降り始めました。

少女が丘《おか》に行けない日が続きました。

ようやく冬が終わり、草木や風に春の気配を感じられる季節になりました。

少女は母親と弟が留守《るす》の間、久しぶりにあの丘《おか》へ向かいました。

てっぺんの桜の大木には、固く小さかったつぼみが、大きくふくらんでほころんでいました。

少女はおおかみに、これまで丘《おか》に来られなかった理由を話しました。

おおかみはうなずきながら少女の話を聞いています。

太陽はすでに西の空に傾《かたむ》き始めていました。

おおかみは少女に向かって言いました。

「さあ、暗くならないうちに帰りなさい。もうここには来ないほうがいい。おじょうちゃんのおかげで、今までとても楽しかったよ。こんな俺《おれ》でも、君のような素晴《すば》らしい子に出会えた。神様に感謝の気持ちでいっぱいだ。本当にありがとう。ありがとう」

少女とおおかみの顔が夕陽《ゆうひ》色に染まっていました。少女の目には、年老いたおおかみがとても立派に、神秘的にさえ映りました。

「おじょうちゃんが来ない間、毎日独《ひと》りでつぼみを見て楽しんでいたからさびしくなかったよ。このぶんだと明日《あした》にはだいぶ開くね」

おおかみの言葉を聞いて、少女は強く思いました。

『おおかみさんにどうしても、桜の本当の美《うつく》しさを教えてあげたい！』

そしてこう言ったのです。

「明日《あした》のお昼にまたここに来ます。いっしょにお花見をしましょうよ！私はおおかみさんの友だちです」

「ああ、そうだよ。たった一人の大切な友だちだ。おじょうちゃんの中には本当にすてきなところがあるよ。それを持っていれば、何があってもずーっと大丈夫《だいじょうぶ》さ」

おおかみはやさしいまなざしを少女に向けて言いました。

こうして、少女とおおかみは、明日《あした》の約束をして別れました。

日が沈《しず》み、辺りはすっかり暗くなりました。満月が黒い海を照らし、きらきらと輝《かがや》いています。あたたかく気持ちの良い風がおおかみを撫《な》でていました。

おおかみは遠ぼえはせず、静かに桜の大木に向かって言いました。

「誰《だれ》かを待つってのは楽しいもんだな。なあ？」

大木はいつものように、何も返してはきません。遠くから聞こえる潮《しお》騒《さい》が子守歌《こもりうた》のように耳に響《ひび》き、おおかみはいつの間にか眠《ねむ》ってしまいました。

「いっしょに行こう……」

その声でおおかみは目を覚ましました。

「いっしょに行こう……もうすぐ桜が咲《さ》くよ。さあ、いっしょに行こう」

その声は確かに桜の大木から聞こえてきます。でもそれは、なつかしい母さんの声です。

おおかみは幼い頃《ころ》、母さんといっしょに花見に出かけたことを思い出しました。

「母さん、約束を守るのは本当にむずかしかったよ。約束は守り通せなかったけど、人間を許せない自分に勝って人助けもした。そうしたら、とうとう人間の友だちができたんだよ。とっても心のきれいな子さ。きっと立派な大人《おとな》に成長するよ。明日《あした》になったらその子とここで花見をするんだ。だから、もう少しだけ待ってて」

見上げると、月の光に照らされた満開の夜桜が、白銀《はくぎん》の宝石のようにきらめきながら天上いっぱいに広がっていました。

おおかみは思わず言いました。

「きれいだよ……ほんとうにきれいだ……」

おおかみはとても幸せな気持ちに包まれました。目からはあたたかい涙《なみだ》が次から次へあふれ、おおかみの心の中を洗い流していきました。

翌日はとてもさわやかに晴れました。

ふもとからも満開であることが分かるくらい、桜の大木は見事に咲《さ》き誇っていました。

約束通り丘のてっぺんにやってきた少女は息を飲みました。

淡《あわ》いピンク色をまとった大木は、今まで見たどんな桜の木よりも立派で、たとえようもなく美《うつく》しかったからです。

しばらく見とれていた少女はふと我に返ると、桜の大木にもたれるように横たわっているおおかみを見つけ、走り寄りました。

「おおかみさん……」

ふーっと風が吹き過ぎ、花びらが静かに舞《ま》い散《ち》りました。

船の汽笛が、遠く鳴り響《ひび》いていました。

~Fin~

あとがき

人生において大切なことをこの物語にちりばめ
生かされていることへの感謝を込めて書き上げました。

誰もが幸せになるために、
誰かを幸せにするために生まれてきた

この丘のさくらが、あなたの中で
いつまでも咲き続けることを願って……

著者プロフィール

浜辺 そよか（はまべ そよか）

1968年生まれ。
東北福祉大学卒業。
社会福祉士。
千葉県在住。
著書『いのち　～Oneness《ワンネス》～』（2019年、文芸社）

本文挿し絵／アベ ミサ
イラスト協力会社／株式会社 i and d company：岡安俊哉

丘《おか》の上のおおかみ ～Eternal cherry blossom～

2021年３月15日　初版第１刷発行

著　者　浜辺 そよか
発行者　瓜谷 綱延
発行所　株式会社文芸社
〒160-0022 東京都新宿区新宿1－10－1
電話 03-5369-3060（代表）
03-5369-2299（販売）

印刷所　図書印刷株式会社

ISBN978-4-286-21223-4